MONSIEUR MADAME® Copyright © 2011 THOIP (une société du groupe Chorion)
Tous droits réservés.
© 1998, Hachette Livre pour le texte et les illustrations
sous licence THOIP (une société du groupe Chorion). Tous droits réservés.

MME **DODUE,**
la plus belle
pour aller danser

MME **DODUE,**
la plus belle pour aller danser

Roger Hargreaves

hachette
JEUNESSE

Dans le salon de madame Sage régnait une grande effervescence. Madame Dodue essayait sa robe de bal.

– Voyons, faites un petit effort, madame Dodue ! Si vous ne rentrez pas votre ventre, je n'arriverai jamais à fermer votre robe !

– C'est impossible ! J'ai beaucoup trop grossi, ces derniers temps.

Il n'y a qu'une solution : il faut que vous consultiez un médecin.

Lui seul peut vous prescrire un régime, dit madame Sage.

Et c'est ainsi que madame Dodue se retrouva dans le cabinet du médecin qui lui demanda :

– Dites-moi ce que vous avez mangé pour votre petit déjeuner, madame Dodue.

– Seulement une douzaine d'œufs au bacon, un kilo de flocons d'avoine, dix tartines de beurre agrémentées d'une bonne couche de confiture et…

– Ah, je vois ! coupa le médecin. Et je n'ose vous demander en quoi consistait votre déjeuner !

– Eh bien, j'ai mangé…

– Parfait ! Parfait ! Nous allons voir combien vous pesez.

Voilà ce qui arriva dès que madame Dodue monta sur la balance.

– Je vais vous prescrire un régime, déclara le médecin.

– Un régime ? Enfin, si c'est le seul moyen, je veux bien essayer, dit madame Dodue. J'espère qu'il ne sera pas trop sévère !

– Tout d'abord, deux heures de gymnastique quotidienne avec madame Acrobate. Montée de l'échelle qui conduit à la piscine, plongeon, traversée du bassin, et on recommence cinq fois ! Vu ?

– Vu ! se contenta de répéter madame Dodue dans un souffle.

– Ensuite, repas à prendre obligatoirement avec monsieur Maigre. Un spaghetti par repas, et pas un de plus !

Madame Dodue appliqua les recommandations de son médecin à la lettre.

Après avoir terminé son repas frugal avec monsieur Maigre, elle faisait une petite course digestive quand survinrent monsieur Farceur et madame Chipie, toujours à l'affût d'un bon tour à jouer à quelqu'un.

– Mais c'est madame Dodue ! s'exclama madame Chipie.

– Il paraît qu'elle suit un régime ! lui confia son compagnon.

– Un régime ? Pour l'aider à perdre du poids, j'ai une idée !

Qu'est-ce que madame Chipie allait donc inventer ?

– Une petite myrtille par-ci, une autre par-là !
Humm ! Un vrai délice !

Eh oui !

En passant devant un buisson de myrtilles mûres
à souhait, madame Dodue avait tout simplement craqué !

– Nous allons faire peur à madame Dodue !
dit madame Chipie à son ami. Elle aura une telle
trouille qu'elle ne pensera plus à se gaver de myrtilles !

– Génial ! Elle courra tellement vite qu'elle perdra
au moins cinq kilos ! Approchez, je vais vous dire
ce que nous allons faire !

Et voilà ce que cela donna !

– Au secours ! Un ogre ! hurla madame Dodue
en se précipitant chez madame Sage, le cœur battant
à tout rompre. Un monstre assoiffé de sang !

– Un monstre ? répéta madame Sage avec un sourire.
Il n'y a plus de monstres dans la contrée depuis
longtemps !

– Puisque je vous le dis ! insista madame Dodue.
Il était là, prêt à me saisir avec ses crocs pointus !

En imaginant la scène, madame Sage eut du mal à se retenir de rire.

Tu aurais fait de même, n'est-ce pas ?

– Madame Dodue, cette fois, vous avez vraiment maigri, dit madame Sage après avoir invité son amie à monter sur le pèse-personne. Passez donc votre robe de bal. Vous serez certainement la plus belle pour aller danser !

Les mauvaises langues racontent que madame Dodue ne résista pas aux petits fours qui agrémentaient le buffet, et que…

… un, deux, trois !

Pendant qu'elle dansait au rythme d'une valse,
trois des boutons de sa robe sautèrent tour à tour !

Mais les mauvaises langues racontent n'importe quoi,
c'est bien connu !

RÉUNIS VITE LA COLLECTION ENTIÈRE

DES MONSIEUR MADAME

Adaptation : Josette Gontier
Dépôt légal : mai 2011
ISBN : 978-2-01-225186-1
Loi n° 49-956 du 16 juillet 1949 sur les publications destinées à la jeunesse.
Imprimé et relié en France par I.M.E.